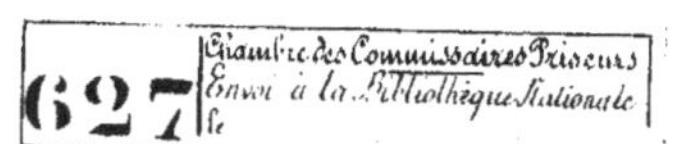

COLLECTION DE FEU M. A. CARRIER

TABLEAUX

ANCIENS & MODERNES

PASTELS, DESSINS, AQUARELLES ET GOUACHES

BELLES MINIATURES

Par FRAGONARD, HALL, etc.

EXPOSITION PUBLIQUE

Le Mardi 4 Mai 1875

De 1 heure à 5 heures.

COMMISSAIRE-PRISEUR,	EXPERT,
Mᵉ CHARLES PILLET.	M. FÉRAL, Peintre.

Paris — 1875.

CATALOGUE

DE

TABLEAUX

ANCIENS & MODERNES

PASTELS, DESSINS, AQUARELLES ET GOUACHES

BELLES MINIATURES

Par FRAGONARD, HALL, etc.

VENTE PAR SUITE DU DÉCÈS DE M. AUGUSTE CARRIER

HOTEL DROUOT, SALLE N° 3

Le Mercredi 5 Mai 1875,

A deux heures.

————••◎••————

Par le ministère de **M⁰ CHARLES PILLET**, Commissaire-Priseur,
10, rue de la Grange-Batelière;

Assisté de **M. FÉRAL**, Peintre-Expert, 23, rue de Buffault,

Chez lesquels se trouve le présent catalogue.

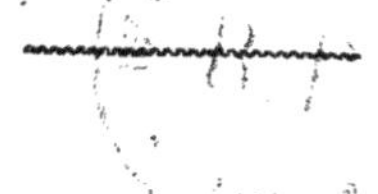

EXPOSITION PUBLIQUE : Le Mardi 4 Mai 1875

DE UNE HEURE A CINQ HEURES.

CONDITIONS DE LA VENTE

Elle sera faite au comptant.

Les adjudicataires payeront *cinq pour cent* en sus des enchères.

Paris. — Imprimerie PILLET FILS AÎNÉ, rue des Grands-Augustins, 5.

La mort a brusquement frappé, le 20 février dernier,
J.-A. Carrier, à qui son talent de miniaturiste et son goût
d'amateur avaient acquis autant d'estime que de sympathies.

Né à Paris en 1797, J.-A. Carrier fut, tout jeune, pré-
senté à Prud'hon, par Sicardi. Prud'hon, à proprement par-
ler, n'eut pas d'atelier, mais il distribuait largement aux ar-
tistes auxquels il s'intéressait les conseils les plus précieux.
On en retrouvera les traces sensibles dans les grandes miniatures auxquels J.-A. Carrier sut donner l'intérêt de
tableaux de genre et conserver, avec la ressemblance des
personnages, le caractère de leur époque. Sur le conseil de
Prud'hon, il entra dans l'atelier de Gros et, de là, chez l'é-
minent peintre de miniature Saint.

Il fut nommé peintre du duc de Bourbon, en 1826. On
retrouvera à cette vente un des nombreux portraits qu'il fit
de ce prince.

Le goût de M. Carrier, en tant que collectionneur, est
trop bien établi pour que nous ayons à y insister. Il a pos-
sédé, et a conservé quelques-unes des belles et célèbres
études au pastel de Latour, des sanguines de Boucher, trois
miniatures de Fragonard et deux de Hall, des croquis de
Watteau, une esquisse de Rubens sur papier bleu, et une
académie d'homme par Prud'hon. Il avait été intimement

lié avec Bonington. Eugène Delacroix lui avait donné un pastel, une première pensée de ses *Femmes d'Alger*, et l'ayant désigné comme un de ses exécuteurs testamentaires, lui légua une aquarelle de premier ordre. Eugène Lami, Diaz, Robert Fleury et d'autres maîtres contemporains, lui ont offert plus d'un témoignage de leur amitié.

Ces lignes trop brèves ne sont que pour donner rendez-vous à cette vente aux amis nombreux et délicats de cet artiste si bien doué et de cet excellent homme.

R. BURTY.

DÉSIGNATION

TABLEAUX ANCIENS

PASTELS, DESSINS & AQUARELLES

ARTOIS (van)

1 — Paysage avec cours d'eau.

BANDINELLI (baccio)

2 — Études de têtes, de bras et de mains.

Dessins à la plume.

BOUCHER (F.)

3 — Femme couchée.

Sanguine rehaussée de blanc.

BOUCHER (F.)

4 — Paysanne assise et paysanne debout.

Deux dessins.

BOUCHER (F.)

5 — Un lot de croquis, amours dans les nuages.

Crayon noir.

CARRACHE

6 — Etudes pour un saint Jean.

Beaux dessins à la plume.

COCHIN

7 — Portrait d'homme.

Mine de plomb et sanguine.
Médaillon. Signé et daté 1763.

DELATOUR (MAURICE-QUENTIN)

8 — Portrait présumé de Louis XVI enfant.

Très-belle étude au pastel, de l'exécution la plus fine et la plus remarquable.

DELATOUR (MAURICE-QUENTIN)

9 — Portrait de jeune femme.

Belle étude d'après nature.
Pastel.

DELATOUR (MAURICE-QUENTIN)

10 — Portrait de l'artiste.

Jolie étude d'après nature.
Pastel.

DELARUE

11 — Cinq dessins à la sépia.

DYCK (Attribué à ANTOINE VAN)

12 — Tête d'homme.

Crayon noir.

FAES (VANDER), dit le chevalier Lely.

13 — Portrait de femme.

FRAGONARD

14 — L'Orage.

Esquisse.

FRAGONARD (HONORÉ)

15 — Paysage avec rochers et moutons au repos.

Gouache.

FRAGONARD (HONORÉ)

16 — La Promenade dans le parc.

Aquarelle.

FRANCK (FRANÇOIS)

17 — La Flagellation du Christ.

FYT (JOHANNÈS)

18 — Oiseaux vivants de différentes espèces.

GÉRARD (Melle)

19 — L'Oiseau envolé.

> Aquarelle.

GERICAULT

20 — Cinq croquis.

> Plume et crayon noir.

GILLEMANS

21 — Fruits dans un plat posé sur une table couverte d'un tapis.

GIRODET

22 — Andromaque.

> Scène VII, acte III.
> Crayon noir.

GOLTZIUS

23 — Calliope.

GREUZE (J.-B.)

24 — Sept dessins.

Têtes d'enfants et études de mains.

HENSIUS

25 — Trois portraits d'hommes.

Estompe, sanguine et crayon noir.

LAHIRE (LAURENT DE)

26 — Paysage avec figures mythologiques.

LARGILLIÈRE (Genre de)

27 — Portrait d'homme.

LOO (Genre de VAN)

28 — Portrait d'enfant.

MOREAU (LOUIS)

29 — Parc avec escalier et personnages.

> Forme ovale.
> Jolie gouache d'une parfaite conservation signée du monogramme et datée 1780.

MOREAU (LOUIS)

30 — Parc avec personnages.

> Pendant du précédent.
> Jolie gouache de forme ovale, signée du monogramme et datée 1780,

MOREAU (LOUIS)

31 — Le Repos dans le parc.

> Charmante gouache d'une parfaite conservation, signée du monogramme et datée 1775.

MOREAU (LOUIS)

32 — Paysage.

> Aquarelle signée du monogramme et datée 1771.

MOREAU (LOUIS)

33 — Paysage avec rivière.

Gouache.

MOREAU (LOUIS)

34 — Parc avec figures.

Deux pendants.
Gouaches.

MOREAU (Genre de LOUIS)

35 — Parc avec figures.

Deux pendan
Aquarelles.

MOREAU (Genre de LOUIS)

36 — Trois paysages.

Aquarelles.

OS (J. VAN)

37 — Bouquet de fleurs.

Aquarelle.

PILLEMENT.

38 — Arbres et rochers.

PRUD'HON

39 — L'Amour.

Étude d'après nature pour le tableau représentant l'Amour qui séduit l'Innocence, le plaisir qui l'entraîne, le repentir qui suit.

Dessin au crayon noir rehaussé de blanc sur papier bleu.

ROBERT-HUBERT

40 — Études d'arbres.

Sanguine.

ROBERT-HUBERT (Genre de)

41 — Parc et escalier.

RUBENS (École de)

42 — La Vierge, l'enfant Jésus et des anges.

RUBENS (École de)

43 — Tête d'homme.

RUBENS (D'après)

44 — Femme flamande portant une corbeille.

Dessins retouchés à l'huile.

RUYSDAEL (D'après)

45 — Paysage avec cours d'eau.

RUYSDAEL (D'après)

46 — Cours d'eau traversant un bois.

SARRAZIN

47 — Paysage avec cours d'eau.

SCHUTZ DE FRANCFORT

48 — Vues des bords du Rhin.

Deux pendants.

SICARDI

49 — Portrait de l'artiste en buste et costumé.

SNYDERS (Genre de)

50 — Fruits et vases posés sur une console.

SPAENDONCK (VAN)

51 — Une branche de roses.

Aquarelle.

TIEPOLO (Genre de)

52 — Sujet mythologique.

Esquisse pour plafond.

UDEN (LUCAS VAN)

53 — Paysage.

Encre de Chine.

VALLAYER-COSTER (Mme)

54 — Fleurs dans un vase de cristal posé sur une console.

Signé en toutes lettres.

VANNI (FRANCESCO)

55 — Sainte Thérèse.

WATTEAU (ANTOINE)

56 — Deux personnages debout vus de dos, l'un donnant la main à une jeune femme

Sanguine.

WATTEAU (ANTOINE)

57 — Un homme nu couché.

Crayon noir et sanguine rehaussée de blanc.

WATTEAU (ANTOINE)

58 — Un homme nu assis.

> Sanguine.

WATTEAU (ANTOINE)

59 — Deux dessins sur la même feuille.

> Tête de jeune femme et deux têtes de jeunes garçons.
> Sanguine.

WATTEAU (ANTOINE)

60 — Un homme assis et études de mains.

> Mine de plomb et sanguine.
> Étude pour le portrait du chevalier de La Roque qui a été gravé par Lépicié.

WATTEAU (ANTOINE)

61 — Nymphes vues à mi-corps.

> Mine de plomb et sanguine.
> Études pour les figures de nymphes qui se trouvent dans le portrait du chevalier de La Roque.

WATTEAU (ANTOINE)

52 — Étude de quatre mains.

Sanguine.

ÉCOLE FLAMANDE

63 — Souverain rendant la justice.

ÉCOLE FLAMANDE

64 — Le Christ en croix.

ECOLE FRANÇAISE

65 — Figure allégorique.

Dessus de porte en grisaille.

ÉCOLE FRANÇAISE

66 — Amours tenant des guirlandes de fleurs.

ECOLE FRANÇAISE

67 — Branche de lis.

ÉCOLE FRANÇAISE

68 — Hercule et l'hydre de Lerne.

ÉCOLE FRANÇAISE

69 — Portrait d'enfant.

ÉCOLE FRANÇAISE

70 — Pastorale.

71 — Deux figures chinoises.

> Homme et femme debout.
> Gouaches.

TABLEAUX MODERNES

DESSINS, PASTELS & AQUARELLES

AUGUSTE (D'après VAN DYCK)

72 — Portrait d'un cavalier.

Aquarelle.

BONINGTON (R. P.)

73 — La Lecture et la Promenade.

Deux aquarelles.

BONINGTON (R. P.)

74 — Trois études de Paysages.

Aquarelles.

BONINGTON (R. P.)

75 — Un homme assis.

Aquarelle.

BONINGTON (Attribué à)

76 — Paysage avec chemin et villageois.

BOUQUET

77 — Deux marines.

Peintures sur faïence.

BOUQUET

78 — Intérieur de Forêt.

Crayon noir et encre de Chine.

BOUQUET

79 — Paysage avec animaux.

Encre de Chine.

CABAT

80 — Plateau dans la forêt de Fontainebleau.

Signé L. CABAT à son ami Carrier.

CABAT

81 — Cinq études. — Paysages.

CABAT

82 — Clairière dans un bois.

Signé CABAT à son ami Carrier.

CABAT

83 — Pins d'Italie au bord d'un lac.

CABAT

84 — Trois paysages.

Deux aquarelles et une sépia.

CARRIER (AUGUSTE)

85 — Sous bois.

CARRIER (AUGUSTE)

86 — Étude dans la forêt de Fontainebleau.

CARRIER (AUGUSTE)

87 — Portrait de mademoiselle de H.

Miniature en pied.

CARRIER (D'après RUBENS)

88 — L'Education de la Vierge.

Le Repos de la sainte Famille

Jésus entre les deux larrons.

Trois esquisses.

COIGNET (JULES)

89 — Paysage anglais.

> Pastel.
> Deux pendants.

Arbres et Rochers.

> Aquarelle.

Roses trémières.

> Mine de plomb.

COURBET (GUSTAVE)

90 — Un fort lot de figures et études acadé-
miques.

> Crayon noir et sanguine.

DAVID D'ANGERS

91 — Un lot de figures et académies.

> Mine de plomb.

DECAMPS (D'après)

92 — Chasseur à l'affût.

DELACROIX (EUGÈNE)

93 — Les Femmes du Maroc.

Pastel.

Première pensée du tableau qui fait partie aujourd'hui du Musée du Louvre. Donné par Delacroix à M. Carrier.

DELACROIX (EUGÈNE)

94 — Arabe au repos.

Belle aquarelle signée en toutes lettres. Donnée par testament de l'artiste à M. Carrier.

DIAZ (NARCISSE)

95 — Paysage.

Au centre, une femme porte des herbes.
Signé en toutes lettres.

DIAZ (N.)

96 — Intérieur de forêt.

Signé en toutes lettres et daté 1860.

DIAZ (N.)

97 — Étude d'arbres dans la forêt de Fontainebleau.

Signé des initiales.

DIAZ (N.)

98 — Forêt de Fontainebleau.

Au centre, une femme ramasse du bois mort.
Signé en toutes lettres.

DIAZ (N.)

99 — Étude aux Choyzets (Seine-et-Marne).

DIAZ (N.)

100 — La Gorge au loup, forêt de Fontainebleau.

DIAZ (N.)

101 — Femmes et enfants dans un paysage.
Ébauche.

DIAZ (n.)

102 — La Douleur.

Étude de deux figures différemment posées.

DIAZ (n.)

103 — Rochers dans la forêt de Fontainebleau.

DIAZ (n.)

104 — Les Laveuses.

DIAZ (n.)

105 — Cinq dessins.

Études d'arbres.
Mine de plomb.

DIAZ (émile)

106 — Arbres et rochers.

Petit paysage. Forêt de Fontainebleau.

ETOUN

107 — Paysages et animaux.

> Deux pendants.
> Aquarelles.

GALLAIT

108 — Femme debout tenant un livre.

> Mine de plomb.

GÉRICAULT (THÉODORE)

109 -- La Mise au tombeau.

> D'après le tableau du Titien qui est au Musée
> du Louvre.

GIRODET

110 — Paysage d'Italie avec forteresse.

GROS (LE BARON)

111 — Le général marquis de Livron.

> Étude.

ISABEY

112 — Le Confessionnal.
Sépia.

112 *bis*. — Un portrait de jeune femme
Aquarelle.

LALANNE (MAXIME)

113 — Quatre paysages.
Dessins au fusain.

LAMI (EUGÈNE)

114 — Cavaliers du temps de Louis XIV.
Aquarelle gouachée signée des initiales.

LA ROCHENOIRE (DE)

115 — Animaux au pâturage.

LEROUX (CHARLES)

116 — Pâturage avec mare et animaux.

LUGARDON

117 — Tête d'homme.

MICHALLON

118 — Vue du parc de Saint-Cloud.

MONNIER (HENRI)

119 — Quatre pièces.

Aquarelles et dessins.

PAGNEST

120 — Portrait de femme.

Vue à mi-corps. Elle porte une collerette brodée et une robe en soie noire, en partie couverte d'un manteau doublé de fourrure.

Beau portrait d'un artiste dont les œuvres sont excessivement rares.

PALIZZI (JOSEPH)

121 — Plage animée de figures.

POTERLET

122 — La Famille du forgeron.

> D'après le tableau de Lenain qui est au musée du Louvre.

REYNOLDS (D'après)

123 — La Seine près Saint-Cloud.

RIESENER

124 — Tête de jeune femme.

ROBERT-FLEURY

125 — Prédication.

> Esquisse.

ROQUEPLAN (D'après)

126 — L'Écho.

SAINT

127 — Mme Gabbert.

Aquarelle signée.

SAINT

128 — Portrait de femme.

Sanguine et crayon noir.

WYLD (w.)

129 — Paysage montueux.

Signé : W. Wyld à son ami Carrier.

WYLD

130 — Paysage.

Aquarelle signée.

MINIATURES

AUGUSTE

131 — Jeune femme et négresse couchées dans un paysage.

> Gouache.

BONINGTON (R.-P.)

132 — Paysage et marine.

> Deux pendants.
> Forme ronde.

CARRIER (AUGUSTE)

133 — Portrait de Francia, peintre de marine.

> Vue de face à mi-jambes, la main gauche appuyée sur la hanche. Il est accoudé à droite sur le piédestal d'une colonne drapée d'un rideau rouge, fond de marine.

CARRIER (AUGUSTE)

134 — Mlle Ward.

> Elle est en pied, vue de trois quarts et debout. Elle tient un livre de la main droite et descend l'escalier d'un parc. Sa levrette est auprès d'elle.

CARRIER (AUGUSTE)

135 — Mlle Ségars.

> En pied, vue presque de face et debout. Elle sort d'un palais par un large escalier pour entrer dans un parc. Au bas des balustres se déroule un beau paysage.

CARRIER (AUGUSTE)

136 — Portrait de Paul Coignet, frère du peintre.

CARRIER (AUGUSTE)

37 — Cinq têtes d'après Rubens et Van Dyck.

CARRIER (AUGUSTE)

138 — Portrait de jeune femme drapée dans un manteau rougeâtre.

Miniature ovale.

CARRIER (AUGUSTE)

139 — Portrait d'homme.

CARRIER (AUGUSTE)

140 — Portrait de mademoiselle d'Égremont.

CARRIER (AUGUSTE)

141 — Portrait d'un duc de Bourbon, prince de Condé.

Miniature ovale.

CARRIER (AUGUSTE)

142 — Portrait de madame Robert-Fleury.

Miniature en pied.

CARRIER (AUGU

143 — Portrait de madame C., en buste.

Miniature.

CARRIER (AUGUSTE)

144 — Portrait de mademoiselle Marion.

Miniature en pied.

CARRIER (D'après Saint)

145 — Portrait de madame Gide, première chanteuse de la chapelle du roi Charles X.

CARRIER (D'après Saint)

146 — Portrait de jeune femme.

FRAGONARD (HONORÉ)

147 — Portrait d'une jeune fillette.

En buste, les cheveux blonds relevés et noués
par un ruban bleu, elle porte une robe blanche, et
une écharpe violette entoure ses épaules.

Charmante miniature de forme ovale, d'une
exécution suave et d'une fraîcheur remarquable.

FRAGONARD (HONORÉ)

148 — Portrait d'une petite fille.

Vue à mi-corps; les cheveux blonds cendrés
serrés par un ruban bleu; elle porte une robe
en mousseline blanche décolletée avec ceinture
bleue.

Charmante miniature ovale d'une remarquable
finesse d'exécution.

FRAGONARD (HONORÉ)

149 — Portrait d'un jeune garçon.

Vu à mi-corps, les cheveux blonds, la tête couverte d'un berret bleu avec plumes, il porte une
collerette et un habit blanc ambré avec manteau
posé sur l'épaule.

Forme ovale.

Charmante miniature de la plus remarquable
exécution et d'une conservation parfaite.

HALL

150 — Portrait de femme.

Vue jusqu'à la ceinture, les cheveux blonds relevés et en partie couverts par un voile, elle porte une robe de soie rose décolletée avec ruban bleu au corsage.

Fond de paysage.

Très-belle miniature de l'artiste, d'une remarquable finesse d'exécution.

HALL

151 — Portrait de femme.

Vue jusqu'à la ceinture, les épaules couvertes par un fichu en soie bleu.

Ebauche.

MOREA (LOUIS)

152 — Parc avec cours d'eau.

Miniature de forme ovale sur vélin.

PERRIN

153 —- Portrait de jeune femme.

Vue jusqu'à la ceinture, cheveux blonds frisés
et attachés au-dessus de la tête par des rubans ;
elle porte une robe en soie bleue décolletée.
Jolie miniature de forme ronde.

ROCHARD

**154 — Portrait de jeune femme et portrait de
jeune garçon.**

Deux miniatures.

SAINT

155 —- Portrait d'homme.

Assis dans un fauteuil, vu jusqu'aux genoux, il
tient à la main droite une tabatière.
Miniature sur ivoire, signée en toutes lettres,

SPAENDONCK (GÉRARD VAN)

156 —- Jeune femme arrosant des fleurs.

Miniature de forme ronde.

SPAENDONCK

157 — Fleurs dans un vase.

Miniature de forme ronde.

ÉCOLE ESPAGNOLE

158 — Portrait d'homme.

Peinture sur cuivre.

ÉCOLE ESPAGNOLE

159 - Portrait de Ferdinand III, empereur.

Peinture sur cuivre.

ÉCOLE FRANÇAISE

160 — Portrait d'un maréchal de France du temps
de Louis XIV.

ÉCOLE FRANÇAISE

161 — Enfant couché.

ECOLE HOLLANDAISE

162 — Portrait de jeune homme.

Peinture sur cuivre.

ECOLE HOLLANDAISE

163 — Portrait d'homme.

Peinture sur écaille.

INCONNU

164 — Portrait d'homme du temps du Directoire.

165 — Sous ce numéro seront vendues cinq miniatures sur ivoire.

166 — Sous ce numéro seront vendues quelques miniatures non cataloguées.

DAVID (d'Angers)

167 — Portrait de Casimir Périer.

Médaillon en bronze.

168 — Un violon par Amati.

———

Après la vente des tableaux, miniatures et dessins, seront vendus quelques meubles et objets d'art, tels que console en bois sculpté et doré, des vases en porcelaine de Chine, des chevalets et différents ustensiles d'atelier.

www.ingramcontent.com/pod-product-compliance
Lightning Source LLC
LaVergne TN
LVHW022359170726
843503LV00008B/3725